Die Werke der Barmherzigkeit

Wilhelm Heinrich Riehl

Impressum

Autor: Wilhelm Heinrich Riehl
Umschlagkonzept: toepferschumann, Berlin

Verlag: tradition GmbH, Hamburg
ISBN: 978-3-8424-7062-0
Printed in Germany

Tucholsky Wagner Zola Scott Sydow Freud Schlegel
Turgenev Wallace Fonatne
Twain Walther von der Vogelweide Fouqué Friedrich II. von Preußen
Weber Freiligrath Frey
Fechner Weiße Rose von Fallersleben Kant Ernst Frommel
Fichte Richthofen
Hölderlin
Fehrs Engels Fielding Eichendorff Tacitus Dumas
Faber Flaubert
Eliasberg Ebner Eschenbach
Feuerbach Maximilian I. von Habsburg Fock Eliot Zweig
Ewald Vergil
Goethe Elisabeth von Österreich London
Mendelssohn Balzac Shakespeare
Lichtenberg Rathenau Dostojewski Ganghofer
Trackl Stevenson Doyle Gjellerup
Mommsen Tolstoi Hambruch
Thoma Lenz Hanrieder Droste-Hülshoff
Dach Verne von Arnim Hägele Hauff Humboldt
Reuter
Karrillon Rousseau Hagen Hauptmann Gautier
Garschin
Damaschke Defoe Hebbel Baudelaire
Descartes Hegel Kussmaul Herder
Wolfram von Eschenbach Dickens Schopenhauer Rilke George
Bronner Darwin Melville Grimm Jerome Bebel Proust
Campe Horváth Aristoteles
Bismarck Vigny Barlach Voltaire Federer Herodot
Gengenbach Heine
Storm Casanova Tersteegen Gilm Grillparzer Georgy
Chamberlain Lessing Langbein Gryphius
Brentano Lafontaine
Strachwitz Claudius Schiller Kralik Iffland Sokrates
Katharina II. von Rußland Bellamy Schilling
Gerstäcker Raabe Gibbon Tschechow
Löns Hesse Hoffmann Gogol Wilde Vulpius
Luther Heym Hofmannsthal Gleim
Roth Klee Hölty Morgenstern
Heyse Klopstock Goedicke
Luxemburg Puschkin Homer Kleist
La Roche Horaz Mörike
Machiavelli Musil
Navarra Aurel Musset Kierkegaard Kraft Kraus
Nestroy Marie de France Lamprecht Kind Kirchhoff Hugo Moltke
Laotse Ipsen Liebknecht
Nietzsche Nansen
Marx Ringelnatz
von Ossietzky Lassalle Gorki Klett Leibniz
May
vom Stein Lawrence Irving
Petalozzi Knigge
Platon
Sachs Pückler Michelangelo Kock Kafka
Poe Liebermann Korolenko
de Sade Praetorius Mistral Zetkin

Der Verlag tredition aus Hamburg veröffentlicht in der Reihe **TREDITION CLASSICS** Werke aus mehr als zwei Jahrtausenden. Diese waren zu einem Großteil vergriffen oder nur noch antiquarisch erhältlich.

Symbolfigur für **TREDITION CLASSICS** ist Johannes Gutenberg (1400 — 1468), der Erfinder des Buchdrucks mit Metalllettern und der Druckerpresse.

Mit der Buchreihe **TREDITION CLASSICS** verfolgt tredition das Ziel, tausende Klassiker der Weltliteratur verschiedener Sprachen wieder als gedruckte Bücher aufzulegen – und das weltweit!

Die Buchreihe dient zur Bewahrung der Literatur und Förderung der Kultur. Sie trägt so dazu bei, dass viele tausend Werke nicht in Vergessenheit geraten.

W. H. Riehl

Die Werke der Barmherzigkeit.

(1846 und 1856)

Erstes Kapitel

Der junge Grobschmied Konrad vom Weyher stand vor dem Amboß. »Tummle dich, Gesell! den Takt gehalten!« rief er lachend, indes er den wuchtigen Hammer leicht und sicher durch die Luft schwang, daß die Funkengarben beim Niederschlag den ganzen dämmerigen Raum durchsprühten und erleuchteten.

Dem Gesellen ging's nicht so flink ab – denn er trug Mieder und Röckchen und war eine frische Bauerndirne. Aber sie führte ihren Hammer auch nicht schlecht. Da war noch Nerv in dem sonngebräunten Arme der Jungfrau und doch ründete er sich zugleich in den feinsten Linien.

War eine Reihe tüchtiger Streiche geführt, dann stellte der Schmied den Hammer auf den Amboß, stützte den linken Ellbogen auf den Stiel, bog sich mit dem rechten Arm hinüber zu dem Mädchen, küßte sie, und lustig ging's wieder fort in der Arbeit.

In den Zweitakt des Hammerschlags sangen Meister und Gesell zuweilen ein zweistimmiges Stücklein. Aber halbwegs brachen sie dann meist die Weise wieder ab, weil sie nicht wußten, was süßer sei: zu singen oder zu reden.

»He, Grete! Wir zwei beide, du und ich, sind doch noch die einzigen Männer im Ort! Hielten wir das Nest nicht noch ein wenig zusammen, aus Schrecken vor Schwed und Kroat, vor Hunger und Pest wäre es längst gar auseinandergefallen!«

»Freilich, Konrad! Du bist gleichsam der Schultheiß und ich bin der Pfarrer.«

Das durfte Grete in Wahrheit sagen. Der rechte Pfarrer war, nachdem er mehrmals von Freund und Feind ausgeplündert und mißhandelt worden, davongelaufen ins Hessenland. Der Schultheiß aber war nur zu sehr da geblieben. Denn in dieser Zeit der allgemeinen Zuchtlosigkeit des Dreißigjährigen Krieges füllten die Beamten ihre Taschen, wetteiferten im Malträtieren des Volkes mit der hohen Generalität sämtlicher kriegführenden Parteien, schierten sich den Teufel um ihr Amt, und jeder waltete des Rechts nach seinem eigenen Corpus juris. Grete aber pflegte die Kranken, tröstete ·

die Bedrängten – ja, sie war jetzt der rechte Pfarrer im Dorfe; und Konrad hielt die Bürger zu mutiger und kluger That zusammen, wenn neue Einquartierung kam, neue Plünderung, neue Stall- und Tafelrequisition für das Vieh und die Herren Offiziere, neue Gelderpressungen bald für einen großen Herrn, bald für einen großen Spitzbuben. Denn bei solcher Gelegenheit pflegte der Schultheiß über Land zu reiten, und wenn der Sturm vorbei war, kam er wieder heim.

»Wenn der lustige Hammerschlag so ins Ohr klingt, Grete, trapp, trapp! trapp, trapp! dann ist mir's oft, als sei das Rosseshufschlag und wie der Sturm sause ich auf meinem Rosse übers Feld dahin, als Soldat, Grete! Denn alle sind geschunden in dieser Zeit, nur der Soldat jubiliert! Jeder Soldat ist ein König worden, drum ist auch jeder so grob gegen den Schmied, wenn er sein Pferd beschlagen läßt. Aber mir Prügel zu geben, das hat doch noch kein Schwede und kein Kaiserlicher gewagt, da doch alle Schmiede der Umgegend wenigstens jedes Quartal einmal durchgefuchtelt werden. Ja, mein Schatz, wir wollen auch unter die Soldaten gehen!«

»Ach nein!« sprach Grete, nicht ganz so lustig wie vorher, »dann zögen ja die zwei letzten Männer fort aus dem Dorfe und wäre kein Schultheiß und kein Pfarrer mehr da, um die Gemeinde noch leidlich zusammenzuhalten!«

Es war dies Dorf aber Löhnberg an der Lahn, in der Grafschaft Nassau-Katzenellnbogen. Ehe der Krieg ausbrach, wohnten sechzig Familien innerhalb der Ringmauern – denn das Dorf besaß Stadtprivilegien; – von sechzig Feuerstätten aber rauchten jetzt nur noch zehn. Auf einer Anhöhe vor der Mauer liegt die Schmiedewerkstätte. Das Gebirg beginnt hier steiler das Flußthal einzuengen; in fast senkrecht jähem Fall steigt ein bewaldeter Berg der Schmiede gegenüber zu dem stillen, dunkelgrünen, schilfgesäumten Wasserspiegel nieder, und rechts im Vordergrunde erheben sich auf Felsklippen die Trümmer des Schlosses, welches Herr Graf Georg von Dillenburg nicht lange vor dem Kriege erst neu aufgebaut hatte.

Verachtet mir diesen Landstrich nicht, die rauhe Schönheit dieses Gaues, den armen ehrenfesten Menschenschlag! Tretet ein wenig vor aus des Schmiedes Thür, dann blickt ihr links in ein lustiges Wiesenthal; die wohlgeschützte Mittagseite seiner Berghänge ist von dem letzten, nördlichsten Rebgelände des Lahngrundes bedeckt. Es wächst da der Löhnberger Rote, der war in alter Zeit so berühmt wie sein Nachbar und Vetter, der Runkeler, und noch vor hundert und mehr Jahren soll ein Graf von Braunfels die Herren des Wetzlarer Reichskammergerichts mit einem Weine traktiert haben, den er bei Löhnberg in einem mit besonders heißer Sonne begnadeten Jahre selbst gezogen, und als der gräfliche Wirt nach der Tafel den Gästen zu raten gab, was für Wein sie getrunken, meinten die Herren, es sei ein kostbarer Burgunder gewesen. Doch läßt der Chronist unentschieden, ob der gute Geschmack des Löhnbergers oder der schlechte des Reichskammergerichts dieses Urteil eingegeben habe.

Daß aber neben dem firnen Roten auch firne Menschen in guten Jahrgängen in diesen Thälern gewachsen sind, davon soll diese Geschichte Kunde geben.

Es war im hohen Sommer, frühmorgens gegen drei Uhr, als die beiden in der Schmiede schon so scharf drauf los arbeiteten. Hätte Grete, die Braut des Schmieds, ihm nicht zugleich den Liebesdienst gethan, als Geselle einzutreten, so hätte Konrads Ofen wohl kalt müssen stehen bleiben. Denn weit und breit fand sich keine junge arbeitsfähige Mannschaft mehr fürs Handwerk.

Nicht bloß der Krieg, auch seine Gevatterin, die Pest, zog durch das Land. Ganze Dörfer starben aus; die fleißigsten Hände erlahmten und sorgten nur noch für die nächste Notdurft. Verzweiflung fraß das geschlagene Volk, und die Leute in diesen protestantischen Gauen fragten, ob denn unser Herrgott katholisch geworden sei, daß er so das ganze Land verderbe.

Ein furchtbarer Wahn hatte sich allmählich der Geister bemächtigt, alles menschliche Mitgefühl ertötend. Wer jäh an der Pest starb, den glaubte man durch Gottes Finger als einen Schuldigen abgeurteilt, durch Gottes Schwert als einen Armensünder gerichtet, und stritt, ob ihm ein ehrlich Begräbnis zu gönnen sei. Ja, man ließ die Pestkranken verschmachten, weil man vorgab, ihnen zu helfen sei nicht besser, als einen Dieb vom Galgen abzuschneiden. Vor drei Wochen noch hatte Konrad seinen verstorbenen Vetter auf einer Leiter selbst aus dem Hause tragen müssen, weil ihm die Gemeinde die Bahre verweigerte.

Jetzt aber erging ein geistliches Rundschreiben an alle Gemeinden, worin mit Worten der Schrift bewiesen stand, daß man auch in diesen Sterbensläuften dem Tode freudig sich fügen müsse, und wer an der Pest in dem Herrn sterbe, der werde in Christo wieder auferstehen, so gut wie die anderen. Also sei er nicht in der letzten Not zu verlassen und bei Nacht wie ein Hund zu verscharren.

Da erkannte sich die Selbstsucht, welche dem Aberglauben unter den Mantel gekrochen war, in ihrer Blöße, und mancher kehrte um und nahm sich wieder der verlassenen Kranken an.

In solchen Zeiten tritt der Mensch dem Menschen näher. Die Schutzhegen des Herkommens fallen; der sittliche Ernst, der in den Tagen allgemeiner Gefahr alles Volk überkommt, kann des Schildes der Sitte entbehren. So hielt sich auch der Schmied und seine Braut in Zucht und Ehren, ob sie gleich in dem halb ausgestorbenen Dorfe so fessellos hätten zusammen leben können, wie auf einer einsamen Insel. Nicht mehr Menschenfurcht war es, sondern die größere Nähe Gottes, was jetzt ihren Verkehr auch äußerlich in Maß und Schranken hielt.

»Fürchtest du dich nicht mehr, Konrad?« fragte Grete lächelnd und legte den Hammer nieder.

»Wenn uns unser Herrgott haben will, dann kann er uns auch ohne Pest kriegen,« antwortete Konrad. »Und so halte ich's denn mit jenem neunzigjährigen Weibchen, das eine schwere Krankheit in sich spürte und also gebetet hat: Herr, wie du willt! Doch wiss' – ich eil' noch nicht.«

»An die Pest denke ich nicht,« rief Grete, »sondern an den Schultheißen. Du hast mir viel zulieb gethan, da du um meinetwillen schon vor der Morgenglocke die Kohlen einzulegen wagtest, und nicht in mich drangst, dir zu sagen, *weshalb* ich des Nachmittags nicht schmieden kann und wo ich mich zu dieser Zeit umhertreibe. Daran habe ich deine echte Liebe erkannt.«

Nun gerade hätte der Schmied erst recht gerne gefragt, wo sie nachmittags hingehe. Aber Grete hielt ihm die Hand vor den Mund. Dann flüsterte sie ganz heimlich: »Als ich vorhin durch die Gäßchen zur Schmiede schlüpfte, hat der Ortsknecht aus dem Fenster geschaut und mir zugerufen: ›Grete, ich will Sie verwarnt haben! Der

Schultheiß drückt noch die Augen zu, wenn ihr vor der Morgenglocke die Kohlen einlegt. *Will* er sie aber nicht mehr zudrücken, dann steckt er euch beide in den Turm!‹«

Es war nämlich vor längerer Zeit ein scharfes Mandat ergangen in den Dillenburger Landen, daß kein Schmied seine Esse heizen solle, bevor um vier Uhr das Morgenglöckchen geläutet habe. Denn auf den Dörfern waren wiederholt Feuersbrünste ausgebrochen, denen man bei den strohgedeckten Lehmhütten des Gebirgs kaum wehren konnte, veranlaßt durch das Schmieden in der Frühe, wann die Nachbarn noch im Schlafe lagen. Ueberdies riß der Unfug, schon um zwei Uhr am Amboß zu stehen, meist doch nur deshalb ein, weil Meister und Gesellen des Nachmittags in den Schenken faulenzen wollten.

Aber was galt ein solches Gesetz jetzt, wo alle Ordnung gelöst, wo alles Eigentum verwahrlost war, und selbst Wald- und Heidebrände manchmal bis zu den menschenleeren Dörfern drangen, dieselben umloderten und in Asche legten!

Konrad erwiderte darum gleichgültig: »Heuer, wo es im Gau wenigstens alle Tag einmal brennt, und der Tod stündlich an unserer Thür vorübergeht, fürchtet man sich nicht vor der alten Feuerordnung und dem Schultheißen von Löhnberg.«

Zweites Kapitel.

Als Grete gegen Mittag die Schmiede verließ, schlüpfte sie auf Umwegen, scheu zurückblickend, ob Konrad ihr nicht nachschaue, in den Garten hinter des Schultheißen Haus; der lag wüste in dieser traurigen Zeit, die Beete von Nesseln, Quecken und Nachtschatten überwuchert, die Obstbäume durch Moos und Flechten verderbt. Der zerrissene Zaun ließ das Mädchen ein, neben der verriegelten Pforte. Denn frei und offen von der Straße her hätte Grete nicht zu des Schultheißen Hausthür einzugehen gewagt. Sie wollte auch nicht ins Haus, sondern in die Scheuer.

Auch hier sah es nicht aus, als erwarte man fröhlichen Erntesegen. Die Räume oben und unten waren verfallen, verunreinigt, alles öde und leer. Nur in dem dunkelsten Winkel lagen noch ein paar Gebund Stroh aufgehäuft und zwischen diesen etwas altes Bettwerk. Grete schlich sacht hinzu. Ein altes, krankes Weib lag in den Strohbündeln und Kissen.

»Wie geht es Euch, Frau Base?« sprach das Mädchen mild und herzlich.

Da erhob sich die hinfällige Gestalt und erwiderte mit matter Stimme:»Die Menschen haben mich verlassen, darum nimmt der Herr mich auf!«

Es war dies aber des Schultheißen Ehefrau. Als die Pest ihre Wangen rötete, ließ der Mann sein Weib aus dem Hause in die Scheuer bringen. Denn ob er gleich äußerlich, ganz wie es einem Schultheißen ziemt, den Mutigen spielte, erbebte er doch insgeheim aus Furcht vor der Ansteckung und verstand den Pestkranken ebenso geschickt aus dem Wege zu gehen, wie den fremden Truppen. Und da er sich's eben nicht so gar traurig dachte, wenn die Frau, welche ihm in letzterer Zeit häufig eine lästige Sittenrichterin geworden, unversehens abführe, so wollte er jetzt gerade erst noch recht lange frei und lustig leben, und nicht sogleich wieder in jener Welt mit der eben erst quittierten Hälfte aufs neue zusammentreffen. Darum hielt er sich ganz fern von der Scheuer, begann selbst das Wohnhaus zu meiden und schickte nur täglich einmal den Ortsknecht aus, daß er durch das große Loch in der Wand schaue, ob die Kranke sich noch rege, und ihr von außen mit einer langen Hopfenstange einen Topf voll Suppe neben die Kissen schiebe.

Hätte sich nun Grete der verlassenen Base nicht angenommen, dann wäre die Frau alsbald elend verschmachtet wie tausend andere. Denn auch der Ortsknecht ging nur bis gegen die Scheuer, wagte aber niemals durchs große Loch zu schauen, geschweige den Topf hineinzuschieben, und aß die Suppe gemeinhin selber im Garten aus. Vor ihrem Konrad aber machte Grete das strengste Hehl aus ihrer Krankenpflege in den Nachmittagsstunden, die sich nicht auf die Scheuer des Schultheißen allein beschränkte. Denn sie fürchtete, es möge dem Schmied vor ihr grauseln, daß er selber die Pest bekäme, wenn er wisse, wie sie gleich einer Spitalschwester täglich in den Pesthäusern hantiere. Zudem hätte man sie, wofern ihre stille Barmherzigkeit ruchbar geworden, sicherlich gewaltsam von dem Schmied getrennt. Denn die Pfleger der Kranken wurden in den Gemeinden von allem Verkehr abgeschlossen, gleich als seien sie selbst verpestet; am Sonntag durften sie nicht einmal zu den Kirchen eintreten, sondern mußten, vor den Kirchenfenstern stehend, erhaschen, was ihnen draußen etwa von Gottes Wort zu Ohren drang.

Grete brachte dem verlassenen Weib einen Teller Suppe. Allein die Base winkte abwehrend. Sie begehrte keine Speise mehr; nur nach geistlicher Tröstung verlangte sie. Darauf erwiderte Grete: »Der Pfarrer ist ins Hessenland geflohen vor dem Kriegsvolk und der Pest; aber weil Ihr's gestern schon gewünscht, habe ich meinen Vater bestellt, der hält in dieser Not die Kirche und reicht die Sakramente.«

Es war aber Gretens Vater Veit Kreglinger, der Glöckner und Kirchendiener, der zugleich einen kleinen Kramladen hielt. Vom Volk ward er nur der »Prophet« genannt, und er that sich selber etwas zu gute auf diesen Beinamen. Denn man schrieb ihm Sehergabe zu. Als eines Tages ein Feldgerichtsschöffe gesund und frisch über die Straße ging, hatte der Glöckner plötzlich wie aus höherer Eingebung gerufen: »Dem sieht der Tod zu den Augen heraus; morgen kann der Schreiner ihm den Sarg machen!« Die Bauern schüttelten die Köpfe und glaubten's nicht, und der Schöff, der es gehört, lachte. Aber am anderen Morgen war er tot und kalt. Seit dem Tage glaubten die Löhnberger, daß dem Veit da ein Licht brenne, wo anderen tiefes Dunkel ist, und nannten ihn den Propheten. Zuletzt glaubte er selber, daß er ein Prophet sei, schaute mit seinen scharfen grauen Augen den Leuten die geheimsten Gedanken aus der Seele heraus und that manchen bewährten Spruch. Ja, er betrieb die Sache fachmäßig. Als Glöckner konnte er jederzeit auf den Kirchturm steigen, hatte also eine astrologische Warte umsonst. Er schleppte sich allerlei Kram von alten Kalendern, Wappenbüchern, Aspektentafeln und alchimistischen Schriften zusammen, und wann er über diese Scharteken kam, dann saß er den ganzen Tag angenagelt auf seinem dreibeinigen Stuhle, wie Pythia auf dem Dreifuß. Seine Weisheit nahm dabei sichtlich zu und sein Kramladen ging sichtlich zurück, und manchmal läutete er die Morgenglocke am hellen Mittage und die Abendglocke nach Mitternacht.

Also der geistliche Trost des Propheten war es, den Grete verheißen hatte.

Die Schultheißin zog jetzt aus ihrem Täschchen zwei silberne Armspangen und sprach:»Merk auf, Grete, da ich noch Jungfrau war, schenkte mir der Schultheiß, mein Bräutigam, diese Spangen. Mit Jubel empfing ich sie – unter Kummer und Sorgen habe ich sie wie ein Heiligtum bewahrt während des traurigen Ehestandes. Du allein hast mich getröstet in dieser letzten Not. Nimm die Spangen zu meinem Gedächtnis. Aber du mußt sie nicht alle Tage tragen: nur auf Ostern, Pfingsten und Weihnachten. – Was war mein Leben, daß mir's vor dem Sterben bangen sollte: einmal muß es ja doch gestorben sein, und da sogar der Kaiser, der König, ja auch unser gnädiger Fürst selber daran muß, dürfen sich gemeine Leute nicht zu hart beklagen. – Nur um meinen Mann thut mir's leid, obgleich er mich so übel traktiert hat. Aber er dauert mich doch, wenn ich dran denke, wer ihm jetzt das Weißzeug in stand halten und seine Hafergrütze so kochen soll, wie er sie am liebsten ißt!«

Grete nahm die Spangen mit thränendem Auge und wickelte sie in ihre Schürze. Da sprach die Frau:»Es flimmert mir vor dem Gesicht! Grete, du mußt die Spangen nicht alle Tage tragen; nur an hohen Festen – damit du nicht stolz wirst. Du brauchst sie dann auch nicht allzu oft zu putzen – das zehrt am Silber.«

Wieder nach einer Weile rief die Frau auffahrend:»Was packst du mich so eiskalt an den Füßen, Grete?«

Die Angeredete aber stand weit ab.»Das muß der Tod sein, der die Base an den Füßen packt,«dachte sie und starrte nach den Kissen hinüber, als müsse sie den Tod dort leibhaftig erblicken, den Knochenmann mit der Sense, wie er die Base an den Füßen packt. Aber friedlichen Antlitzes sank das arme Weib in das Kissen zurück und sprach im Verscheiden:»Die Menschen haben mich verlassen, darum nimmt mich der Herr zu sich auf.«

Das Mädchen blickte schweigend auf die Leiche, die Hände gefaltet. Sie wollte sich eben entfernen, als ihr Vater, der Glöckner, in die Scheuer trat.

Er schaute in den dunklen Winkel.

»Sie ist tot!«sagte er, – und Grete wiederholte:»Sie ist tot!«

Da aber packte sie plötzlich der Schauer des Lebens vor dem Tode. Die bis dahin ungekannte Furcht vor der Pest kam über sie; sie schaute entsetzt die Leiche an, wie sie zwischen den Strohbündeln und dem alten Bettzeug tief zurückgesunken lag, und wollte entfliehen.

Veit aber griff das Mädchen fest beim Arme:»Bleib, Grete! Graust dir's auch? Was fürchtest du dich? Ich sage dir: der Himmel will es nicht, daß wir beide an dieser Pestilenz sterben sollen. Was verheißen ist, das wird sich erfüllen!«

Und das sprach der Glöckner in der That wie ein Prophet, und die kleine Gestalt des Vaters deuchte dem Mädchen jetzt größer und ehrwürdiger denn je; das von Not und Arbeit und frühen Kriegsstrapazen tief gefurchte Gesicht leuchtete in Begeisterung wie eines Jünglings Antlitz. Das einzige prophetische Wort nahm den Schauer wieder aus des Kindes Herzen.

Doch kaum hatte Veit die Verheißung gesprochen, so rief eine Stimme hinter ihm:»Versündigt Euch nicht! Treibt Euer Spiel der Wahrsagerei im Wirtshaus, aber nicht im Sterbehaus!«

Veit schaute ingrimmig um nach dem Redenden, schrak aber zusammen bei seinem Anblick. Denn ein ganz fremder Mann stand vor ihm. Er trug die Kleidung gemeiner Leute, doch sein Gesicht war zu fein, zu bleich, zu vornehm für den groben Linnenkittel. Der Glöckner aber sammelte sich rasch, maß den Unbekannten lange mit dem stechendsten Blick seines grauen Auges und sprach dann mit der vollen Würde des Propheten:»Ich will Euch nachzudenken geben über meine Seherkraft. Zum erstenmal erblicke ich Euch. Dennoch sehe ich Euch an den Augen an, daß Ihr ein katholischer Kreuzkopf seid. Fort von hier! In Weilburg liegt ein schwedischer Kornett, dessen Profoß hat einen Strick für kaiserliche Spione!«

»Veit!« erwiderte der Fremde gelassen und ohne eine Miene seines bleichen Gesichts zu verziehen.»Man nennt dich den Propheten. Siehe, ich bin auch bloß ein Prophet, kein Spion. Aber ein Prophet wie du bin ich nicht. Im Namen meines Gottes weissage ich nur den Tod den Sündern; das Leben denen, die Buße thun; den Segen der Kirche allen Gläubigen.«

»Das heißt der päpstlichen Kirche! Nicht wahr?« rief der Glöckner.

»Der Papst trägt den Schlüssel zu des Himmels Hallen.«

»Wo die höllischen Flammen zum Fenster herausschlagen!« vollendete der Glöckner, mit einem Worte Luthers jenen gangbaren katholischen Feldruf parodierend. Denn als Glöckner war er selbst ja ein halber Pfarrer und hatte Polemika und Apologetika studiert.

Aber auch der Fremde stellte einen gelehrten Mann im Streit.»Der jenes Wort aufgebracht, war bei Lebzeiten selber der rechte Oberpförtner der Hölle; jetzt aber ist er's nicht mehr, denn er sitzt nun in der Hölle mitten drein.«

So war die Flamme des Streits angeblasen, als Grete schreckensbleich dem Vater ins Ohr flüsterte:»Fort von hier, Vater! Der mit uns spricht, ist der Pestmann!«

Es ging nämlich damals der Glaube unter dem Volk, die Pest habe einen Boten ausgeschickt durch das Land, ein bleiches, unheimliches Männlein, und wo es sich zeige, da ziehe die Pest ein, und wer den bleichen Mann mit Augen schaue, der sauge mit dem Blick sich die Pest ins Blut, wie man im Anschauen des Basilisken den Tod sich erschaut.

Aber der Glöckner war ein alter Soldat und kein Holländer; er hielt stand und flüsterte dem Mädchen zu:»Wende den Blick ab! Ich will's schon erproben, ob er der Pestmann ist.«

Und Veit kehrte sich gegen die Leiche und sprach zu dem Fremden:»Lutherisch oder päpstlich, gleichviel! Ihr sollt mir einen Bescheid thun. Im Wirtshaus kündet man sich als Freund, indem man Bescheid thut in einem Trunk; im Sterbehaus sollt Ihr Bescheid thun in einem Gebet. Ich will die Verse sprechen, die man hier zu Lande spricht an der Stätte, wo eben eine Seele abgerufen wurde, und im stillen möget Ihr nachbeten.«

Drauf hub der Glöckner an, jenes geheimnisvolle Lied zu sprechen, welches so manches Menschenalter als ein schützender Zauber wider Schwert und Pestilenz galt, und von so manchem Kriegsmann noch eben vertrauensvoll angestimmt ward, während schon der tödliche Schuß nach seiner Brust eilte. Von diesem Zauberlied, so meinte der Glöckner, könne der bleiche Fremde nicht standhalten, wenn er wirklich der Pestmann sei.

Alle drei knieten nieder. Da hub der Alte feierlich, mit gefalteten Händen an:

»Mitten wir im Leben sind
Mit dem Tod umfangen:
Wen suchen wir, der Hilfe thu,
Daß wir Gnad' erlangen?
Das bist du, Herr, alleine.
Uns reuet unser Missethat,
Die dich, Herr, erzürnet hat.
Heiliger Herre Gott,
Heiliger starker Gott,
Heiliger barmherziger Heiland, du ewiger Gott,
Laß uns nicht versinken in des bittern Todes Not.
Kyrie eleison!«

Veit schaute auf zu dem Fremden. Er hatte im stillen mitgebetet. Also war er nicht der Pestmann. Aber ein Katholik war er. Denn mit seinem Luchsauge hatte der Prophet beim ersten Blick einen Rosenkranz wahrgenommen, den der Fremde, schlecht verborgen, im

18

Schlitze seines Kittels trug. Nun nahm es ihn aber doch wieder wunder, daß der katholische Mann den lutherischen Vers im stillen mitgebetet. Der Unbekannte schien dem Glöckner dieses Bedenken im Gesicht zu lesen; denn er sprach:»Die Worte, die du gesprochen, sind freilich Luthers Worte; das Lied aber ward von einem heiligeren Manne gesungen, und nur verdeutscht hat es euer falscher Prophet. So mochte ich im stillen wohl diese Worte nachbeten, welche Abt Notker von St. Gallen vor vielen hundert Jahren aus bebendem Herzen gedichtet, da ihm in der Wildnis des Martinstobels der Tod urplötzlich zur Seite getreten war.«

Der Glöckner sah den Fremden mit großen Augen an über die Worte, welche er nur halb verstand.

Der Fremde aber fuhr fort:»Sind wir einig gewesen in unserem Gebet, dann können wir auch noch einig werden im Glauben, und einig wollen wir sein in guten Werken, Veit! Auf Wiedersehen!«

Langsamen Schrittes ging der rätselhafte Mann hinweg.

Veit blieb noch lange stehen, zerknirscht, ärgerlich, gekränkt in seinem Hochmut, irre gemacht an der eigenen Weisheit, dann wieder von heimlichem Grausen durchrieselt, von Staunen erfüllt über den Mann, der ihn niedergeschlagen, wie der echte Prophet den falschen.

Endlich weckte ihn die Tochter aus seinem Sinnen; sie faßte ihn am Arme und zog ihn leise aus der Scheuer hinweg, indem sie, auf die Pestleiche deutend, unter Thränen flüsterte:
»Mitten wir im Leben sind
Mit dem Tod umfangen!«
Als die beiden durch die öden Straßen nach Hause gingen, begegnete ihnen der Schultheiß. Er schien recht guter Dinge zu sein und hielt seine Base Grete an, indem er sie äußerst zuthunlich begrüßte. Das war so seine Gewohnheit, denn er hatte schon lange ein Auge auf das hübsche Kind und schickte, nach der Art eines verliebten Bauernburschen, die lustigen, oft doppelsinnigen und zweideutigen Grüße gleichsam zum Rekognoszieren aus, damit er aus der Art der Gegenwehr entnehmen könne, ob ein ernstlicherer Angriff zu wagen sei. Aber Grete hatte allezeit mit scharfem Witz die forschenden Epigramme des Schultheißen wider ihn selbst zurückgeworfen.

Heute konnte sie ihm keine Silbe erwidern. Schweigend blickte sie in den Boden hinein.

Das nahm der Schultheiß für ein gutes Zeichen und sprach:»Du hast rote Augen, Schätzchen. Du sollst nicht länger verweint sein, sondern hell und fröhlich sehen, weil du das schönste Mädchen im Dorfe bist.«

Da fand Grete die Sprache wieder, blickte zornig strafend dem Schultheißen ins Auge und rief auf sein Haus deutend mit leiser, unheimlicher Stimme:»Herr Schultheiß, in jenem Hause liegt ein Totes! Unser Herrgott spricht nit, aber er richt't!«

Während der Schultheiß von Schreck überlaufen nach seinem Hause starrte, als wolle er durch die Mauer hindurchsehen, was darinnen vorgegangen, schritt Grete mit ihrem Vater rasch davon.

Der alte Veit aber sang laut den Vers eines Volksliedes, daß es dem Schultheißen noch von weit her ins Ohr tönte:

»Und als mein' Frau gestorben war,
Da legt man sie aufs Stroh,
Ich sollte drüber weinen
Und war doch gar so froh!«

Wie ein Trunkener irrte der Schultheiß hinaus ins Feld, und immer weiter trieb es ihn hinweg von dem Sterbehause. Es war ihm aber, als säße ihm ein kleiner Teufel auf dem Nacken, der ihm unaufhörlich den gottlosen Vers des Glöckners ins Ohr flüstere. Er versuchte zu beten, aber unvermerkt verschwanden ihm wieder die Worte des Gebetes und statt mit Amen schloß sein Beten mit dem Vers des Glöckners, wie mit einer Gotteslästerung.

»Das Lumpenpack hat mir den verdammten Vers angehext, doch ich will's ihm heimzahlen!« rief er grimmig.»Ich weiß wohl, warum die Dirne mich verhöhnt! Der Schmied liegt ihr im Sinn. Jetzt soll er mir aber spüren, daß Gerichtssäcke keinen Boden haben!« Und dann packte es ihn wieder, daß er wie ein Wahnsinniger den Vers vor sich hinbrummen mußte:

»Und als mein' Frau gestorben war,
Da legt man sie aufs Stroh,
Ich sollte drüber weinen
Und war doch gar so froh!«

Drittes Kapitel.

Als Konrad und Grete in der Morgenfrühe wieder verbotenerweise am Amboß standen, schaute der Schmied finster darein. Die heimlichen Gänge des Mädchens nach des Schultheißen Haus waren den Nachbarn nicht unbemerkt geblieben, des alten Sünders Neigung zu der schönen Base war längst ortskundig. Böse Zungen, die trotz Krieg und Pestilenz nicht aussterben, hatten sich auf ihre Beobachtungen sogleich einen Vers gemacht.

Der Schmied brummte abgerissene Sätze und schlug bei jedem Satz heftiger auf das rote Eisen. »Der Lästerteufel, Grete, kann Halseisen und Schandzettel auch an einen lichten Sonnenstrahl hängen, wie Sankt Goar seine Mütze. – Gleich dem Spürhund steht dieser Teufel auf loses Geschwätz. Find't er keins, so macht er eins. – Der Ruf, das Recht, das Auge dulden keinen Spaß; der Ruf besonders bei Weibern, und mit Gewalt kann man eine Fiedel an einem Eichbaume zerschlagen. – Nicht alle Weg' sind Kirchenweg', man meint oft selber, man gehe in die Kirche und findet sich zuletzt nebenan im Wirtshaus. Und darum sage ich dir, Grete, daß ich dir alles zulieb thun will, aber auch, daß wir heute zum letztenmal vor der Morgenglocke am Amboß stehen.«

Das Mädchen, welches den Vorwürfen nur mit einem ruhigen Blick in das Auge des Schmieds geantwortet hatte, erwiderte jetzt: »Es ist auch nicht mehr nötig, Konrad, daß wir so frühe schmieden. Die Base ist tot. Nun brauche ich nicht mehr über tags in des Schultheißen Haus zu gehen.«

Konrad sann eine Weile, als könne er den Zusammenhang zwischen dieser Rechtfertigung und seinen Vorwürfen nicht so geschwind begreifen. Endlich fragte er beschämt und erschrocken zugleich: »Also bist du es gewesen, die des Schultheißen Frau gepflegt, da er sie verstoßen?«

»Und war es denn so Arges, Christi Gebot zu thun, daß du darüber erschrecken magst?«

Der Schmied blickte sie lange schweigend an, dann küßte er sie und sprach: »Du hast recht, mein Mädchen, du mein Herz, meine Krone! Dennoch wird es hart an uns beide kommen. Der Schultheiß ist jetzt unser Todfeind. Denn ein Filou läßt sich alles gefallen, nur nicht, daß andere Leute so unter seiner Nase besser sind als er.«

Da rief Grete begeistert:»Es ist ein Gott im Himmel!«Und sie hob den schweren Hammer und begann wieder lustig die Arbeit. Aber schnell ließ sie den Hammer auch wieder sinken, ward sehr nachdenklich und flüsterte:»Doch hab' ich vergessen, daß unser Herrgott nicht Schultheiß von Löhnberg ist.«

»Die Herren vom Rat, die den obrigkeitlichen Spieß nicht umsonst tragen, sind gar streng und ängstlich geworden wegen des frühen Feuerns, vornehmlich seit Driedorf niederbrannte,« sagte Konrad.»Das Feuer loderte früh morgens so reißend schnell in den Strohdächern auf, daß die Leute Löcher in die Stadtmauer brechen mußten, um ihr nacktes Leben zu flüchten, denn eh man sich's versah, sperrte die Flamme die beiden Thore.«

Grete schaute träumerisch in die rote Glut der Kohlen, in dieses heiße Leben, das leuchtend und sprühend sich selbst verzehrte. Der rote Abglanz schien ihre Züge zu verdüstern.

»Schau auf, Mädchen!« rief plötzlich der Schmied.»Da schlägt ja Rauch und Flamme aus dem Gebälk! Wo kommt der dicke Qualm her und das Feuer? Das kann nicht von der Esse kommen!«

Grete that im ersten Schreck einen hellen Schrei – so weit konnte sie das Weib nicht verleugnen –, dann aber faßte sie sich mannhaft.»Stille, Konrad! lange den Kübel Wasser her! Wir müssen's vertuschen. Es ist ja gleich gelöscht. Wenn's nur keinen Lärm gibt!«

Aber schon war's zu spät. Als Konrad vor die Thür trat, sah er die ganze Dachfirste in Brand.»Es geht nicht mit rechten Dingen zu!« rief er verzweifelt.»Dort oben haben unsere Kohlen nicht gezündet.«

Die Leute im Dorfe, in den hohen Sommertagen zeitig zur Feldarbeit gerüstet, hatten das Feuer schon bemerkt. Hie und da kam einer herbeigeschlichen, legte die Hände auf den Rücken und schaute sich die Flamme an. Denn Feuersbrünste waren damals wie das tägliche Brot, und außer dem Eigentümer ästimierte niemand mehr den Brand eines einzelstehenden Häuschens. Auch fehlte das Wasser bei der Schmiede. Eine große Lache unten neben dem Backhause war von der Hitze halb ausgetrocknet; ein naher Ziehbrunnen hatte nur *einen* Eimer. Die ganze Scene ging wie im Fiebertraum an Konrads Sinnen vorüber. Er wachte erst auf, als er den Schultheiß ordnungsmäßig anreiten sah, eine schwere Hiebwaffe zum Zeichen der Amtswürde im Ledergehänge tragend. Und hinter ihm drein keuchten die Ortsknechte und Nachtwächter, vier Männer mit alten Spießen und Hellebarden.

Der Schultheiß ritt hart an Konrad und rief scharf und trocken: »Du hast Kohlen eingelegt vor der Morgenglocke, dafür sollst du mir in den Turm, und hast das Feuer nicht ausgeschrieen, noch um Hilfe gerufen, dafür sollst du nach der Feuerordnung um fünf Gulden gestraft werden.«

Dann aber wandte er sich gegen die müßigen Gaffer und trieb das stumpfsinnige Volk mit der flachen Klinge zusammen, und die Scharwächter halfen mit ihren Spießen dazu, daß bald alle Hände aus den Hosentaschen fuhren und zugriffen wider den Brand. Ein paar starke Knechte stiegen auf die Leitern und rissen mit den Haken das brennende Dachgebälk hinweg. Männer und Weiber bildeten flugs doppelte Reihen nach dem Ziehbrunnen und nach der Pfütze am Backhaus; sie brachten Eimer; die eine Hälfte langte die vollen Eimer heraus, die andere reichte die leeren zurück.

Die Männer mit den Spießen arretierten inzwischen den Schmied, als eben die Flamme am hellsten über seiner Schmiede zusammenschlug und das Gebälk niederzukrachen begann.

Da drängte sich ein Mann aus der Menge vor und rief: »Habt ihr denn nicht gesehen, daß dort in der Schmiede noch ein Weib steckt?«

Und gleichzeitig schrie der alte Glöckner: »Mein Kind, mein Kind!« und sprang hinein in die brennende Schmiede. Aber ein solcher Strom von Glut und Rauch fuhr ihm unter der Thüre entgegen, daß er besinnungslos zurücktaumelte und zu Boden stürzte.

Alle standen starr vor Entsetzen, ein schauerliches Schweigen ging durch den eben noch so laut geschäftigen Kreis. Noch einen Augenblick und die glühenden Mauern und Balken mußten zusammenstürzen, und das junge Leben da drinnen war gleich eines zähen Ketzers oder einer alten Hexe Gebein in einem qualmenden

Aschenhaufen begraben. Keiner wagte mehr ein Glied zu rühren; atemlos harrten alle.

Plötzlich trat ein Mann aus dem brennenden Hause hervor – niemand hatte ihn hineingehen sehen, und viele behaupteten nachgehends, die Flammen hätten sich vor ihm auseinander gethan wie zwei Thorflügel – und auf seinen Armen trug er die Tochter des Glöckners aus den Flammen. In lautem Freudenrufe brach sich das angstvolle Harren der Umstehenden.

Doch als der Fremde das bewußtlose Mädchen zu den Füßen des Vaters niedergelegt hatte, und die Bauern dem Retter näher ins Gesicht schauten, wichen alle zurück.

»Es ist der Pestmann!« flüsterten sie, und selbst der Schultheiß wandte rasch sein Pferd, um den tödlichen Anblick zu vermeiden.

Lächelnd schritt der Fremde mit dem blassen Gesicht durch das zur Seite weichende Volk. Kein Wort des Dankes ward ihm nachgerufen.

Als der Glöckner mit seinem Kinde wieder zu Sinnen kam, war der Retter längst verschwunden. »Der Pestmann selber,« rief man ihm zu, »hat Eure Grete aus dem Feuer getragen.«

Der Glöckner legte einen Augenblick sinnend die Hand an die Stirn; dann war es, als gehe plötzlich ein helles Licht seinem Geiste auf. »Der Mann war nicht der Pestmann! Er ist ein Mann Gottes und doch keiner. Er ist – – Ich sah es wohl, wie ihm der Rauch nichts anthat, der mich zu Boden warf. Und wie er die Grete auf den Armen heraustrug! Kniet nieder und betet, ihr Heidenvolk! Die Pest hat ein Ende, das Feuer hat die Pest verzehrt, und der Mann, der die Pest nicht des Leibes, sondern der Seelen im Lande umherträgt, ist zu einem Boten des Herrn geworden. O mein Kind, wie ist dein Vater alt und schwach, daß er's diesem Manne gönnen mußte, dich zu retten! Als wir Anno zweiunddreißig das Schloß Braunfels petardierten und mitten im Brande stürmten, focht ich mit drei braven Kerls an die zwei Stunden im dicksten Rauche, bis wir den Sturmhaspel zerstört hatten. Und jetzt muß mich's niederwerfen, wo mich die Flamme nur einen Augenblick mit ihrem glühenden Odem anbläst! Aber warum habt ihr den blassen fremden Mann nicht zurückgehalten, bis ich ihm danken konnte? Doch nein – es ist besser, daß ihr ihn ziehen ließet. Ich weiß, wo ich ihn wieder treffe. Wo ein Kranker liegt ungepflegt, ein Toter unbegraben, wo eine gemarterte Seele nach Hilfe schreit, wo die Pest wütet, daß ihr alle feig davonlauft, dort finde ich den Mann wieder, den ihr den Pestmann nennet. Ist es nicht, als sei die Wiederkunft des Herrn nahe? Der Pestmann besiegt uns in guten Werken, indes die Prediger des reinen Wortes ihre Schanze verlassen und die Obrigkeit nur noch darauf schaut, wie ein jeder von ihnen seinen Mammon salviere. Der arme Bauer aber betet vergeblich zu Gott, und all seine Plage ist eitel. Wo er sich schindet und martert, gibt es doch nur aus, als ob er einen Bock melke, oder von einem Esel Wolle schere, oder einem Pferd die Knochen zum Abnagen vorwerfe, daß es fett werde, oder einer Sau die Leier lehren wolle. Zum Pestmann will ich gehen, der ist noch der rechte Mann; – und hat er kein Blut in den Wangen, so hat er auch keine Furcht im Leibe, und wär's gleich eine Sünde, so rufe ich doch laut: Gott segne ihn!«

Viertes Kapitel.

Der Kirchhof zu Löhnberg liegt in einem Thälchen hinter dem Dorfe, mitten im Ackerland. Zwischen den hölzernen Kreuzen steht die alte Totenkirche, ein kahler, trauriger Bau; aber der Platz rundum ist recht freundlich. Es zieht sich ein weiter Wiesengrund zur Lahn hinab, der ist frisch und saftig grün, selbst jetzt im hohen Sommer, und die Wälder seitab sind stolz, hohen, üppigen Wuchses.

Eine Glocke hallt von Löhnberg in jenen stillen Gründen wieder. Die Totenglocke war es, die man zur Warnglocke gemacht; sie ward gezogen vor den beiden Begräbnisstunden (um sieben Uhr morgens und genau im Mittag), damit ängstliche Leute, denen es grauste, einer Pestleiche zu begegnen, zu Hause bleiben möchten. Der Himmel war wolkenleer, die Luft schwül, daß sie im Sonnenlichte über die Fläche des Bodens hinzitterte; kaum daß ein Gräschen nickte oder daß unhörbar fast die Halme und Aehren in den Kornfeldern geknarrt hätten, so bleischwer lag die Todesruhe auf allen Lebendigen.

Nur *eine* Leiche ward heute vom Dorfe herübergetragen. Es war verordnet, daß in diesen Sterbensläuften das Trauergefolge allezeit dem Sarg vorausgehe. Dieser Vorsicht bedurfte es heute nicht. Die beiden Träger bildeten zugleich das ganze Gefolge, und hätten sie nicht der verstorbenen Frau des Schultheißen die letzte Ehre als einen freiwilligen Liebesdienst erwiesen, so würde die Leiche wie tausend andere in einem ungeweihten Loche verwest sein gleich dem Aas eines gefallenen Viehes.

Als sich die beiden Männer mit dem roh gefügten Kasten, der als Sarg dienen mußte, dem Kirchhofthore näherten, fanden sie eine grausige Schildwacht vor demselben. Zwei große abgemagerte Hunde, in denen der Hunger die Wolfsnatur wieder geweckt, daß sie auf Schlachtfeldern und Kirchhöfen ihre Speise suchten, schauten die Männer knurrend, mit gefletschtem Gebisse an. Doch als diese herzhaft gegen sie herantraten, flohen die Bestien ganz wie ein Raubwild, so entwöhnt waren sie des Anblickes lebender Menschen.

Am Chor der Kirchhofskapelle setzten die Träger den Sarg nieder und begannen eilfertig den Boden zu einer flachen Grube aufzuschaufeln. Nach einer Weile sah der eine – es war der Glöckner – indes er ein wenig verschnaufte, den anderen mit großen Augen an und sprach:»Kamerad, wir sind ein Paar Totengräber, wie sich's selten zusammenfindet. Aber so schmächtig und blaß Ihr aussehet, scheint Ihr doch das harte Geschäft aus dem Fundament zu verstehen. Unser Herrgott hat allerlei Kostgänger von allerlei Geschmack, doch ein Geschmack wie der Eurige ist mir noch nicht vorgekommen. In dem Pesthaus kneipt Ihr Euch ein wie in der Schenke, unter dem Galgen tummelt Ihr Euch wie unter einem Kirmesbaum, und wenn Ihr einmal extra frische Luft schöpfen wollt, dann spaziert Ihr auf den Kirchhof und pfuscht dem Totengräber ins Handwerk.«

»Sagt lieber, es gibt allerlei Soldaten,« er widerte der bleiche Fremde.»Es gibt Soldaten, die im Dienste ihres irdischen Herrn und zur Sättigung ihrer eigenen Lüste morden, plündern und verwüsten. Ich bin ein Soldat, der im Dienste seines himmlischen Herrn und daß ich meiner Seelen Seligkeit gewinne, zu heilen sucht, zu retten, zu erquicken, zu beschützen. Wenn Ihr begreift, daß sich der weltliche Kriegsmann lustig in die Schlacht stürzen mag, warum könnt Ihr nicht fassen, daß ein Streiter des Herrn in stiller Freudigkeit durch alle leibliche Gefahr hindurchgehe, um da und dort eine Seele aus des Satans Händen zu retten?«

Schweigend hörte der Glöckner zu, und ohne daß beide ein Wort weiter wechselten, vollendeten sie die Grube und senkten die Leiche ein. Der Fremde erhob sich, als wolle er ein Gebet sprechen; der Glöckner aber rief ihn scharf an:»Halt, Freund, den Segen spreche ich!«

Danach warfen sie rasch die Schollen auf den Sarg, gleich als fürchteten sie sich, je länger je mehr, auf dem Kirchhof zu bleiben. Der Glöckner murmelte bei jedem Wurf:»So leicht der Schultheißin, so schwer dem Schultheiß!«

Da fragte ihn der andere, was dieser Spruch bedeute. Veit fuhr anfangs fort, als ob er nichts gehört habe, endlich brummte er aber doch zur Antwort, ohne aufzublicken:»Dem Schultheißen soll jede Scholle, die ich auf dieses Grab werfe, wie ein Fels auf die Brust fallen, der guten Frau Katharine aber soll die Erde leicht sein. Seht!

während ich allein aus ganz Löhnberg der Schultheißin die letzte Ehre erweise, beschimpft und ruiniert der Schultheiß mein Kind.«

»Und warum übt Ihr denn den gefährlichen Liebesdienst?«

»Wie?« rief Veit, scharf aufblickend:»War Frau Katharine nicht meine Base? Soll ein Glied meiner Freundschaft unbegraben bleiben? War sie nicht eine gute Frau, die ich mit eigenen Händen begraben hätte, auch wenn sie mich gar nichts anginge? Und muß ich's nicht meiner Grete zulieb thun, die der Base in der letzten Not beigestanden hat, und die nun um ihrer Barmherzigkeit willen leiden muß? Aber so leicht der Schultheißin, so schwer dem Schultheiß!«

»Seht, Veit,« sprach nun der Fremde lächelnd,»wenn Ihr um deswillen Euch nicht scheuet, auf dem Kirchhof frische Luft zu schöpfen, wie konntet Ihr Euch wundern, daß ich aus so viel beweglicheren Gründen das Gleiche thue?«

Der Glöckner ließ die Schaufel stehen, als versage ihm die Kraft, und blickte lange traurig in die halbgefüllte Grube. Da ging ihm endlich das Herz auf, und er vertraute dem Genossen, was ihn schon den ganzen Morgen so trübsinnig gemacht, daß er fast kein Wort reden, sondern viel eher habe heulen mögen.

Der Schultheiß hatte auch die Grete einstecken lassen. Die silbernen Armspangen, die man bei ihr gesehen, konnten den Verdacht eines Diebstahles rechtfertigen.»Man kann allerlei Geschrei machen,« sagte Veit,»denn es ist vorgekommen, daß diebische Hexen,« welche der Pestkranken warten sollten, denselben die Kehle voll Heidekraut stopften, damit sie nicht schreien konnten und erstickten. Inzwischen plünderten dann die verfluchten Weibsbilder das Haus aus.«

»Und glaubt Ihr, daß der Schultheiß Eure Grete wirklich solcher Frevel bezichtige?«

»O nein, so weit wird er nicht gehen. Aber zwicken und ängstigen und verderben wird er uns alle, mich und die Grete und den Schmied, und wird nicht ruhen, bis er uns aus Löhnberg vertrieben hat. Denn Ihr wißt, wie es die großen Herren samt ihren Amtleuten und Dienern in dieser betrübten Zeit treiben. Ueberall machen sie Halbpart mit den plündernden und pressenden Soldaten; darum können sie's nicht ertragen, wenn ein paar gescheite und ehrliche Leute daneben stehen und das Ding mit anschauen. Außer uns dreien sind aber alle gescheite Leute in Löhnberg gestorben und verdorben, die anderen sind nur noch eine Gemeinde von Eseln. Auch trägt es ein Schelm nicht gern, wenn sein Nachbar besser ist wie er, und daß die Grete von des alten Sünders Liebesanträgen nichts hat wissen wollen, hat ihn erst recht teufelswild gemacht. Kurzum, einer muß weichen aus dem Dorf, wir oder der Schultheiß. Aber dies sage ich, und es wird sich erfüllen: von dem Tage an, wo ich diese Schollen auf dieses Grab geworfen, wird der Schultheiß auch keine frohe und gesunde Stunde mehr haben!«

»Ihr frevelt, Veit!« rief der Fremde. »Wie wollt Ihr wissen, was Gott über dieses Mannes Zukunft verhängt hat?«

Da erhub der alte Veit seine Stimme mächtig und sprach, indes er das letzte Rasenstück zu Häupten des vollendeten Grabes legte: »Es gibt allerlei Erkenntnis. Ich bin ein ungelehrter Mann, und die Erkenntnis, die Euer ist, hab' ich nicht. Aber es gibt auch noch eine andere Erkenntnis, die den Menschen bei Nacht überschleicht, wie der Tau die Wiese, eine Erkenntnis, die in allen Wesen steckt, in Blumen, Gras und Bäumen, im Tiere und auch im Menschen, aber lauterer meist im Ungelehrten als im Gelehrten. Das ist jene Erkenntnis, welche den Blättern des Linden- und Weidenbaumes sagt, daß sie auf St. Veitstag sich wenden sollen zur Weissagung, daß nun in wenig Tagen auch die Sonne, wenn sie am höchsten kommt, sich wenden wird; das ist jene Erkenntnis, welche es dem Wunderborn zu Glonach eingibt, daß sein Wasser bei nahender Friedenszeit der Menschen Herz erfreut wie ein guter Wein, bei drohendem Krieg aber Blut und Asche führt; jene Erkenntnis, welche der Sonne gebietet, daß sie am Osterabend tanze, nach den Worten des Psalms, und zwar tanzt sie – das sage ich Euch von wegen des Rosenkranzes, den Ihr tragt – nicht auf den Ostertag des gregorianischen, sondern des julianischen Kalenders. Ruft der Kuckuck nicht mit heiserer Stimme, wenn im Mai noch Frost kommen soll, verkündet er nicht teure Zeit, wenn er nach Johanni ruft? Heult nicht der Hund dumpf und schaurig, wo ein Mensch in kurzem sterben wird? Ahnt nicht das Käuzlein, welches sich wochenlang vor des Kranken Fenster setzt und klagend ruft: ›Komm mit,‹ bis dem Sterbenden der letzte Atem ausgegangen ist, wann und wo der Tod über die Schwelle schreiten wird? Warum sollte dies nicht gleicherweise der Mensch vorahnen können?«

»Auch ein gescheites Huhn, Veit, läuft manchmal in die Brennesseln. Wißt Ihr denn, ob Eure eingebildete Weisheit nicht ein Spiel des Teufels mit Eurer armen Seele ist? Tier und Pflanze mögen uns dunkle Vorzeichen geben; der Mensch aber soll sich nicht vermessen, mehr wissen zu wollen, als was ihm Gott durch die Kirche offenbart und durch den klaren, allen gemeinen Verstand.«

Da wurde der Glöckner noch stolzer als zuvor und sprach: »Ihr sollt mich nicht für einen Hexenmeister, Gaukler oder Narren halten. Was ich noch keinem Menschen erzählt, will ich Euch erzählen. Vor fünfzehn Jahren lag ich todkrank. Es war ein großer Jammer; denkt Euch meine Frau mit den kleinen Kindern. Ich wußte ganz deutlich, daß man mich verloren gab; in einer hellen Stunde, wo mich der Fiebertraum verließ, hörte ich, wie meine Frau zu den Kindern sagte: Gehet hinauf auf die Kammer und betet, daß euer Vater nicht sterbe; denn jetzt ist bald alles verloren. Aber wenn gar kein Heulen und Flehen mehr hilft, dann hat doch oft noch das Gebet eines kleinen Kindes geholfen; denn der Bitte eines unschuldigen Kindes vermag der liebe Gott am schwersten zu widerstehen. Diese Worte hörte ich, wußte nun, wie es mit mir stand und dachte: jetzt muß es also gestorben sein. Da kam es mir aber gar grausam vor, daß ich jetzt schon fortgehen solle und Weib und Kind so hilflos zurücklassen, und ich bat den Herrn Christus, er möge mir ein Zeichen geben, ob ich denn nicht noch eine kleine Frist länger leben dürfe, und fiel in eine tiefe Ohnmacht. Wie ich aber wieder zu Sinnen kam, da hörte ich eine Stimme – ob ich gleich keinen Menschen sah – die sagte mir klar und vernehmlich, fünfundsiebzig Jahre müsse ich erst überdauern, dann sei es Zeit, mich zur Abfahrt zu rüsten. So ist's verheißen und so wird's geschehen. Von der Stunde an war meinem inneren Gesicht eine helle Leuchte aufgesteckt. Ich las fleißiger als zuvor in der Bibel, ich trug mir alte Kalender und Aspektentafeln zusammen, man nannte mich einen Propheten.«

»Und glauben die anderen an Eure Prophetenkraft?«

»Sie bauen Häuser darauf!« entgegnete Veit fast trotzig fest.

»Und baut Ihr selber Häuser darauf?«

Da stutzte der Prophet. »Ich werde wohl manchmal irre an mir selbst. Das sage ich Euch, Euch allein! Aber das glaubet mir, auf jene Verheißung, die meines eigenen Lebens Länge betrifft, baue ich Häuser. Ich kenne seitdem keine Todesfurcht mehr; mit dem fünfundsiebzigsten Jahre mag sie kommen. In der Schlacht wie in der Pest bin ich so sorglos mitten hindurchgegangen, als sei das alles nur ein Kinderspiel. Und wenn die anderen sehen, daß einer so an sich glaubt, dann glauben sie auch an ihn. – Aber mir deucht, Ihr müsset wohl auch eine solche Verheißung haben, da Ihr den Tod so gar nicht fürchtet. Und sehet, die Leute glauben darum, Ihr seiet zum wenigsten ein Gespenst oder der Ehegemahl der Pest, oder ein Stück vom leibhaftigen Teufel. Und wenn Ihr nun inne werdet, wie Ihr mit Eurem Verständnis und Eurer Kraft dieses einfältige Volk überragt, kommt Euch da nicht auch manchmal der Gedanke, den Leuten etwas zu prophezeien?«

»Ich prophezeie niemals,« erwiderte der Fremde würdevoll. »Ich verkünde nur, was allen geoffenbart ist, nicht ein Geheimwissen, das mir allein enthüllet wäre. Aber so verdunkelt ist das Gedächtnis dieser Offenbarung, daß in diesen Zeiten als ein Prophet erscheint, wer doch nur ein Prediger ist.«

Die zwei wunderlichen Totengräber gingen vom Kirchhof ins Dorf zurück. Dort hatte sich inzwischen ein seltsames Schauspiel gerüstet. Der Schultheiß hatte kurze Justiz geübt.

Eine Trommel ging durch die Gassen und lockte in den wenigen bewohnten Häusern halb furchtsame, halb neugierige Gesichter ans Fenster. Aber jeden überlief es, als er den Aufzug erblickte und dessen Sinn erriet. Der Ausrufer zog mit dem Trommler voran und hinterdrein schritt, von den zwei Ortsknechten begleitet, mit einem Strohkranz um den Kopf – Grete, als sei sie des Diebstahls überwiesen. Ueber der Stirn waren die silbernen Spangen im Kranze befestigt, damit jedermann sehen möge, was die Delinquentin gestohlen habe. In gemessenen Zeiträumen schwieg die Trommel, und dann verkündete der Ausrufer Vergehen und Urteil der Bestraften. Es war dies die gelindeste Strafe und doch die beschimpfendste; einem Dieb, der noch nicht reif war für den Turm oder den Galgen, gab man gleichsam die erste Verwarnung, das consilium abeundi durch Austrommeln.

In einer harten und rohen Zeit wird auch der einzelne härter und männlicher oder stumpfer in seinen Empfindungen. Wir ertrügen's nicht, was unsere Vorfahren ertragen haben, die in dreißigjährigem Elend groß gewachsen.

Grete war blaß, ihre Kniee zitterten wohl auch, und die Lippen zuckten und zwinkerten manchmal, wie wenn das Weinen hervorbrechen wolle. Doch in diesen Zügen voll tiefer Scham und mächtigen Schmerzes war zugleich das Bewußtsein des Stolzes der gekränkten Unschuld ausgesprochen. Die Braut im Strohkranze erschien nicht wie eine Verbrecherin; sie erinnerte an die Bräute aus der alten Zeit, die einen Distelkranz zum hochzeitlichen Kirchgang aufsetzten; einen Kranz aus Kreuzdisteln, daß sie auch in der Freude des Hochzeitstages eingedenk seien des künftigen Kreuzes der Ehe.

»Man sieht ihr die Betrübnis nicht sonderlich an,« meinte ein Weib aus der kleinen Schar der Gaffer. Aber ein alter Mann antwortete darauf mit dem alten Spruch: »Das Hemd bedeckt alle Herzenspein! Und keiner weiß, wie's in des Mädchens Herzen aussieht.«

Der Schultheiß hörte die Trommel von fern in der Ratsstube. Er hatte nämlich dort seither sein Quartier aufschlagen, da er noch nicht wagte, in sein eigenes Haus zurückzukehren. Der Aufzug mußte bald um die Ecke biegen und aus den Fenstern des Rathauses sichtbar werden.

Da ging die Thür auf, und Veit, der Glöckner, trat herein und mit ihm der fremde Mann. Des Glöckners Gesicht war von wilder Zornesglut übergossen. Wie hätte er jetzt noch an sich halten können. Er ballte die Faust, er rollte die Augen; hätte ihn der Fremde nicht gleich einem Zauberer in der wildesten Wut gebannt, er würde den Schultheißen auf der Stelle erwürgt haben.

»Herr Vetter,« rief er, »ich will Euch nur eine kleine Geschichte erzählen. Seht, da Ihr Eure Frau freventlich verstoßen und in der Scheuer elend hattet umkommen lassen, ward sie von dem Mädchen, das man eben austrommelt, getreu verpflegt. Das wißt Ihr. Das letzte Andenken, was die Base der Grete sterbend vermachte, waren die Armspangen. Ihr wollt mein Zeugnis nicht gelten lassen. Gut! Die Wahrheit wird schon noch an den Tag kommen. Da Eure Frau noch nicht kalt geworden war, begegneten wir einander; wir dachten an die tote Base, Ihr aber wolltet schön thun mit der Grete. Wißt Ihr noch, wie sie da aufs Sterbehaus zeigte und sprach: Herr Schultheiß, es liegt ein Totes drinnen! Unser Herrgott spricht nit, aber er richt't! – Ihr wißt das noch. Kommt her ans Fenster« – und er riß den Widerstrebenden mit starkem Arm dorthin – »seht hier, Herr Vetter: die Trommel voran – das blasse Kind mit dem Strohkranz in den Haaren – auch ein kleines Häuflein gaffenden Lumpenvolkes stumm hintendrein, – Herr Schultheiß, unser Herrgott spricht nit, aber er richtet!«

In diesem Augenblicke erschaute der Schultheiß den fremden Mann, den Pestmann, der bis dahin unbemerkt im Hintergrund gestanden hatte.

Entsetzt fuhr er zurück, als sei der Eindruck der Worte des Glöckners nichts gegen den Schrecken dieses Anblicks, und stotterte: »Was wollt Ihr hier?«

In ganz ruhigem, kaltem Ton, der seltsam abstach gegen die Wut des Glöckners und das Entsetzen des Schultheißen, erwiderte der Angeredete: »Ich habe nur meinem Freunde, Veit Kreglinger, das Geleit hierher gegeben, und wir beide kommen soeben von dem Begräbnis Eurer verstorbenen Frau. Auch ich hoffe, die Wahrheit wird an den Tag kommen. Binnen heute und vierzehn Tagen, Herr Schultheiß, werdet Ihr Rechenschaft geben müssen über Euer Richteramt. Gedenkt an mich!«

Mit diesen Worten zog er den Glöckner hinweg aus der Ratstube. Der Schultheiß aber stand wie eine Bildsäule. Auf die Straße konnte er nicht blicken, dort ging der Zug mit dem Mädchen, und in das Zimmer noch weniger, dort war der Pestmann. So stand er als ein armer Sünder mitten inne zwischen dem Anblick seines Verbrechens und der rächenden Gerechtigkeit.

Als aber der Glöckner und der Fremde die Treppe hinabstiegen, konnte sich Veit trotz seines Zornes und Schmerzes doch nicht enthalten, dem Begleiter zuzuflüstern: »Vorhin habt Ihr gesagt, Ihr prophezeitet niemals, seht, eben habt Ihr doch prophezeit!«

Fünftes Kapitel.

Der Schultheiß war nicht ganz so schlimm wie er aussah. In ruhigen Zeiten wäre er ein polizeimäßig rechtschaffener Mann gewesen, der nichts Schlimmes gethan hätte, damit ihm nichts Schlimmes wider führe. Aber für die Zügellosigkeit der Kriegsjahre langte seine Sittlichkeit nicht. Er ließ sich gehen und fiel so aus einer Lumperei in die andere. Dennoch wußte er seine Haltung als gestrenger Dorfregent lange zu bewahren. Indem er anderen imponierte, schaffte er sich Mut, und indem er andere abstrafte, machte er sich selber warm für Tugend und Gerechtigkeit.

Als der Glöckner mit seinem Genossen hinweggegangen war, fand der Schultheiß bald die Fassung wieder. Es ward ihm ganz lächerlich, daß er sich von den beiden Burschen so hatte erschrecken lassen. Ein verwünschtes Ding war es nur, daß ihm der lüderliche Vers fortwährend im Kopf summte, den ihm der Glöckner zu Ohren gesungen, als selbiger von der Leiche seiner Frau kam:

> »Und als mein' Frau gestorben war,
> Da legt' man sie aufs Stroh,
> Ich sollte drüber weinen
> Und war doch gar so froh!«

Da sich der Schultheiß ins Bett legte, war es ihm, als sei ein wahrer Hexenspruch in dem Vers. Hundert- und tausendmal mußte er ihn in verzweifelter Lustigkeit vor sich hinsingen und konnte nicht einschlafen. Er wollte sich auf ernstere Gedanken bringen; aber die waren so unheimlich wie die lustigen. Binnen vierzehn Tagen sollte er zur Rechenschaft gefordert werden über sein Richteramt. So hatte der Pestmann prophezeit. Damit hatte er ihm doch wohl auf diese Frist den Tod verheißen, und der Pestmann mußte sicherlich kompetent sein in diesem Stück. »Aber wenn ich auch demnächst zum Teufel fahren müßte, in den nächsten vierzehn Tagen thue ich es nun erst gerade nicht, dem Pestmann zum Trotz!« So sprach der Schultheiß zu sich selbst. Dann ward er aber plötzlich wieder sehr nachdenklich. Wenn diese Hitze, die ihn durchglühte, schon das Fieber der Krankheit wäre? Er hielt gar oft die Hand an die Stirn und den Puls – der ging zwar etwas rascher, doch nicht so rasch, wie ihn das Fieber, sondern nur wie ihn das böse Gewissen zu treiben pflegt – und fragte sich, ob er denn wirklich schon von der Pest befallen sei? und dazwischen sangen ihm unheimliche Stimmen aus jeder Ecke der Kammer in hundertfachem Chor den Vers entgegen:

Und als mein' Frau gestorben war,
Da legt' man sie aufs Stroh –«

Doch der Schultheiß war kein Schwachkopf, der vor Angst krank wird. Er kämpfte sich tapfer durch die wüste Nacht, und als er sich des anderen Morgens nicht den Schlaf, sondern bloß die Ermattung aus den Augen wusch, wusch er auch die bösen Träume aus seiner Seele.

Er wollte auf andere Gedanken kommen und ging darum in die große Ratsstube, die zu Zeiten auch als Gerichtsstube diente, um dort zu arbeiten. Ueber der Thür stand nach der Sitte der Zeit ein alttestamentlicher Spruch, der war dem Schultheißen seit den Kindertagen wohlbekannt; doch gar lange hatte er die Steinschrift nicht wieder gelesen. Jetzt blieb er stehen und las:

» Sehet zu, was ihr thuet: denn ihr haltet das Gericht nicht den Menschen, sondern dem Herrn, und er sitzt mit euch im Gericht.« 2. Chron. 19, 6.

Da fuhr dem Schultheißen ein Schreck durch die Glieder; denn mit dem Spruch ging ihm der andere Spruch durch den Sinn, den ihm Grete vor dem Sterbehause und gestern der Glöckner zugerufen:»Unser Herrgott spricht nit, aber er richt't.« Und nun war auch der Spuk der Nacht für den ganzen Tag wieder losgelassen im Kopfe des Schultheißen. Der leichtfertige Vers, der ihn gestern im wachen Traum gequält, und der bedenksame Spruch klangen ihm fort und fort im Ohr zusammen wie Glockengeläute, das nicht stimmen will. Am Abend sagte der gemarterte Mann zum Ortsknecht, seinem einzigen Vertrauten:»Es läutet mir im Kopf mit zwei Glocken, die wollen nicht rein miteinander klingen; es ist ein Geläut, das mich in des Teufels Kirche ruft!« Als die Abendglocke vom Löhnberger Kirchturme in das friedliche Thal hinaustönte, wollte es dem Schultheißen fast den Kopf zersprengen, so daß er die Ohren in ein

Kissen steckte. Denn der alte Veit war es ja, der die Glocke zog, und es war dem Schultheißen, als riefe ihm der Glöckner fortwährend durch den Gesang der Glocke zu:»Unser Herrgott spricht nit, aber er richt't.« Und da die Abendglocke längst verstummt war, mußte der Schultheiß den Spruch doch noch lange nach dem Taktmaß und Tonfall des Geläutes vor sich hin singen.

Am folgenden Morgen bemerkte der Ortsknecht dem Schultheißen: der Herr sehe sehr blaß und hohläugig aus. Da flog es dem Schultheißen rot wie Scharlach über das überwachte Gesicht, und er gab dem Ortsknecht eine Ohrfeige dafür, daß derselbe rot und weiß nicht unterscheiden könne.

Nach einer Weile zog er den Knecht ans Fenster, deutete auf einen Tannenbaum, worauf ein Rabe saß, und fragte, wie ihm das Geschrei klinge, das der schwarze Vogel rastlos ausstoße.

Der Ortsknecht sprach:»Der Vogel ruft seinen eigenen Namen – Rab! Rab!«

»Nein,« entgegnete zornig der Schultheiß,»wärest du nicht ein tauber Esel, so würdest du hören, daß dieser Vogel Grab! Grab! ruft. Grab! Grab! schreit er mir schon seit zwei Stunden ins Ohr. Seit zwei Stunden mühe ich mich, ihn zu verjagen; aber je mehr ich scheuche und lärme, um so fester bleibt er sitzen und um so lauter und deutlicher ruft er mir zu: Grab! Grab! Laufe, was du kannst; bringe mir den alten Glöckner hierher und seinen Spießgesellen, den Mann, dessen Namen man nicht nennen darf, den fremden Mann, der mit seinem weißen Käsegesicht dreinschaut wie der Tod von Ypern. Sie sollen den Zauber lösen, den sie auf diesen Vogel gelegt haben, sie sollen mir den Vogel verscheuchen, sie allein können das, oder ich liefere sie an den Brandpfahl als überwiesene Hexenmeister. Ah, der Rabe schreit immer stärker! Ich merke schon, man muß etwas sanftere Saiten aufziehen gegen seine Gebieter. Ich verspreche ihnen sicheres Geleit – hörst du! – nur den Raben sollen sie mir zur Ruhe bringen. Alle Gunst und Freundlichkeit sei ihnen gewährt – den verfluchten Spitzbuben – allein es ist besser, in die Suppe geblasen, als das Maul verbrannt – nur den schwarzen Vogel sollen sie fortjagen. Oder vielleicht hat es gar dem Pestmann gefallen, sich selber in diesen Raben zu verwandeln? Dann würde ich Euch raten, hochansehnlicher Herr im schwarzen Rock, Euch mit mir gütlich auszugleichen, zu schweigen und abzuziehen. Obgleich ein großer Zauberer, könntet Ihr doch über kurz oder lang einmal in meine richterlichen Hände fallen – auch die besten Schwimmer ersaufen zuweilen – und da wäre dann ein Dienst des anderen wert!«

So sprach der Schultheiß nicht im Fieber, nicht übergeschnappt, sondern bei klaren Sinnen; nur das böse Gewissen ließ jetzt auch die Pulse seines Geistes etwas rascher gehen, wie schon seit vorgestern abend die Pulse seines Leibes.

Der Ortsknecht kam mit der Meldung zurück, daß der Glöckner samt seiner Tochter und dem Pestmann spurlos verschwunden seien. Von der ganzen Sippschaft sei nur noch Konrad, der Schmied, zu haben, der fest im Turme sitze. Ob er den Schmied nicht bringen solle, damit er als künftiger Schwiegersohn des alten Hexenmeisters den Raben verscheuche.

Der Schultheiß erwiderte aber rasch und fest: »Nein; der Schmied bleibt sitzen. Um seinetwillen schreit der Rabe nicht. Er hat das Feuer vor der Morgenglocke angezündet; er büßt seine gerechte Strafe.«

Noch am selben Tage sprachen die Löhnberger Bauern von nichts anderem, als daß der alte Veit und der Pestmann dem Schultheißen prophezeit haben, binnen vierzehn Tagen müsse er um seiner Sünden willen an der Pest sterben.

Allein so scharf man auch von Stund' an des Schultheißen Mienen und Reden bewachte – er schien so sorglos zu leben wie einer. Nur der Ortsknecht konnte von anderen Dingen berichten, und die kranke Gesichtsfarbe, die eingefallenen Wangen mochten erraten lassen, wie es dem Schultheißen in einsamen, unbewachten Stunden und in den schlaflosen Nächten zu Mute sei. Im Amte begann der Mann strenger, gerechter, exemplarischer zu werden als je vorher; und die Löhnberger meinten, hätte man ihrem Schultheißen nur von Anfang an die Pest verheißen, dann würden sie das beste Regiment im ganzen Land gehabt haben.

Je mehr die Frist der vierzehn Tage ablief, um so größer ward die Selbstquälerei des Schultheißen. Vor dem letzten Tag fürchtete er sich am meisten. Denn obgleich mit jedem glücklich überstandenen

Tage die Wahrscheinlichkeit größer ward, daß die ganze Prophezeiung Trug gewesen, so wurde doch auf der anderen Seite die Möglichkeit der Erfüllung auf einen immer kleineren und bestimmteren Zeitraum zusammengedrängt. Wir sind alle zur Todesstrafe verurteilt, aber für die höchste Seelenqual, die wir dem gröbsten Verbrecher diktieren, halten wir es dennoch, die Todesstunde bestimmt voraus zu wissen.

Der Schultheiß zweifelte zuletzt gar nicht mehr, daß ihn in der Nacht vom dreizehnten zum vierzehnten Tag die Pest befallen werde. Er beschloß darum, sich für diese Nacht wenigstens in die festeste Citadelle vor der gefürchteten Feindin zurückzuziehen. Die Citadelle glaubte er in dem Gemeindebackofen gefunden zu haben. Schwitzen ist ein Universalmittel des Bauern; besonders hielt man es für ein gutes Präservativ wider die Pest. Mit dem Angstschweiß hatte es der Schultheiß schon seit dreizehn Nächten genügend versucht; er wollte jetzt zur eigentlich medizinischen Schwitzkur schreiten.

Den Tag über – es war Montag – hatten die Ortsbürger ihr Brot für die Woche gebacken, so daß der Ofen die Nacht hindurch noch eine gewaltige Wärme hielt. Aber ganz allein die Nacht im Backhause zu verbringen, wagte der Schultheiß schon nicht mehr. Er weihte daher seinen letzten Freund, den Ortsknecht, in das Geheimnis ein, befahl ihm, Mantel und Hellebarde zu nehmen und die Nacht im Backhause Schildwacht zu stehen.

Das Gemeindebackhaus von Löhnberg lag aber – und liegt noch – außer der Ringmauer am Fuße des Schloßberges neben dem kleinen Weiher, oberhalb dessen die abgebrannte Schmiede gestanden hatte. Der Thürbalken zeigte den Hausspruch:

»Hier wird gebacken Brot und Kuchen
– Den thun die Weibsleut gern versuchen –;
Versuch uns Herr mit keiner Not
Und segne unser täglich Brot.«

Zuerst trat man in eine kleine Backstube, deren Hintergrund dann mit dem Ofen abschloß.

Als es dunkelte und stille geworden war, schlich der Schultheiß mit seinem Begleiter zu diesem einsamen Häuschen. Eine mehr als südländische Hitze glühte noch nach in dem Ofen; denn damals sparte man noch kein Holz; dazu roch der Ofen gar köstlich nach frisch gebackenem Brot.

Nachdem der Schultheiß die verglommenen Kohlen gehörig untersucht hatte, damit er nicht am Ende selber über Nacht gebacken werde, kroch er in den Ofen und schloß die Thür so, daß er nur durch einen kleinen Ritz in die Backstube sehen und notdürftig frische Luft einziehen konnte. Dem Ortsknecht befahl er, nicht vor der Thür, sondern in der Backstube Wache zu halten, auf daß ihn niemand vom Wege aus erspähe. Damit der arme Teufel nicht gleichfalls wenigstens eine Schwitzkur zweiten Grades mitmachen müsse, war ihm erlaubt, die Thür ins Freie offen zu lassen.

Der Mann im Ofen hatte alsbald eine unsägliche Hitze auszuhalten; er schwitzte im voraus zur Präservierung für mindestens zwei ganze Pestepidemien. Dennoch ertrug er diese äußere Hitze leicht. Inwendig dagegen verzehrte ihn eine weit schrecklichere Glut.

»Wenn es schon so heiß ist in diesem ausgebrannten Backofen,« sprach er zu sich selbst, »wieviel heißer muß es dann noch in der Hölle sein!« Der anfangs so süße Brotgeruch deuchte ihm nach einer Stunde schon unerträglich, aber wieviel unerträglicher möge der Geruch erst in des Teufels Backofen werden, wo man tausendmal tausend Jahre nichts als Pech und Schwefel zu riechen bekomme! Zuletzt befiel ihn ein solcher Abscheu vor dem Geruch des Brotes, daß es ihm war, als könne er niemals mehr mit Genuß ein Stück Brot essen, als sei der Segen, der in dem Hausspruch des Backhauses erbeten war, von nun an von seinem Brote genommen. Und er gedachte dabei zum erstenmal so manchen Mannes, der in den letzten Jahren in seiner Gemeinde Hungers gestorben, ohne daß er sein Stück Brot mit ihm hatte brechen mögen.

Der arme Sünder im Backofen versuchte zu beten. Da kam ihm der Gedanke, sein Gebet sei wohl zu vergleichen dem Gesang der drei Männer im Feuerofen, so daß er selber anhub zu singen. Aber der Teufel mußte ihn reiten, daß sein Gesang immer wieder in den Vers überging:

»Und als mein' Frau gestorben war,
Da legt man sie aufs Stroh –«

und sein Gebet und Gesang erschienen ihm wie ein Spott auf die Schrift, denn solche Verse hatten Sadrach, Mesach und Abednego nicht gesungen, da sie im glühenden Ofen Nebukadnezars saßen.

Der Schultheiß schaute, als es mit dem Beten nicht glücken wollte, durch den Ritz hinaus, und durch die offene Thür konnte er sogleich ins Freie sehen. Aber da lagen auch die Trümmer von der Brandstätte des Schmiedes vor seinen Augen, und der leichtfertige Vers des Glöckners samt dem Drohspruch seiner Tochter erschütterten ihm wieder das Gehirn.

In der Verzweiflung wollte er ein Gespräch mit seinem Wächter, dem Ortsknecht, anknüpfen, der wider die Wand der Backstube gelehnt regungslos dastand, als sei er eingeschlafen. Der Schultheiß sagte ihm freundliche Worte und suchte recht zuthunlich aus seinem Backofen heraus zu plaudern. Aber der Kerl gab keine Antwort. Der Schultheiß erhob seine Stimme immer lauter, rief ihn bei Namen – keine Antwort erfolgte. Da sprang er endlich in heller Wut aus seinem Backofen hervor, doch auch nicht ohne Angst, der Teufel möge seinem Spießgesellen bereits zum Vorspiel den Hals umgedreht haben. Doch als er ihn am Mantel faßte und aufrütteln wollte, blieb der Mantel in seiner Hand, und der Stock, daran der Mantel gehangen, fiel um, und der Hut, der auf dem Stock gesessen, rollte zur Erde, und nur der Spieß blieb fest stehen, denn der Ortsknecht hatte ihn tief in den Boden eingestochen, als er sich davonschlich, um sich zu Hause ins gute Bett zu legen und dem unheimlichen Schultheißen nur Hut, Mantel und Spieß zur Schildwacht zurückzulassen.

Der Schultheiß aber kroch ganz gebrochen in seinen Backofen zurück und schloß die Thür so fest, daß er schier hätte ersticken mögen, und schaute auch nicht mehr zum Ritz hinaus. Der Ortsknecht war der einzige gewesen, dem er sich stets huldvoll erwiesen, vordem ein Bettler, der ihm nun sein ganzes Wohlergehen zu danken hatte. Und dieser einzige schlich sich feige davon, wo sein Gönner die erste kleine Aufopferung von ihm forderte, und ließ ihm eine Vogelscheuche statt eines hilfreichen Freundes zurück! Da schaute der Schultheiß zum erstenmal seine eigene Herzlosigkeit wie im Spiegel; denn sein eiskalter Egoismus war die Quelle seiner schwersten Sünden gewesen. Er hätte weinen mögen darüber, daß ihm ein so lumpigter Gesell wie der Ortsknecht die Freundschaft gekündigt, und es war ihm, als stehe er jetzt schon vor dem Gericht, welches ihm der Pestmann verheißen hatte. Jetzt fühlte er erst, wie es seiner Frau mochte gewesen sein, da er sie in ihrer letzten Not verlassen.

»Aber soll ich denn dafür,« so dachte er dann wieder, »sogleich mit dem Leben daran? Laufen doch so viele größere Spitzbuben im Lande herum, die keineswegs mit der Pest gestraft werden, die alt werden wie Methusalem! Ist Gottes Gerechtigkeit wie der Menschen Gerechtigkeit, die den kleinen Dieben eiserne Ketten anlegt, den großen goldene? Nein, an mir ist noch lange nicht die Reihe, daß ich für meine Sünden den Tod erleiden müßte! Weil Gott gerecht ist, darum kann er mich jetzt noch nicht vor sein Gericht fordern.« So appellierte der Schächer an Gottes Gerechtigkeit, um der Gerechtigkeit Gottes zu entrinnen, und mit diesem tröstlichen Gedanken über seine noch zurückstehende Anciennität unter den mitlebenden bösen Subjekten versank der in seinem Backofen fast bis zur Ohnmacht erschlaffte Mann endlich in tiefen Schlaf.

Die Sonne stand schon hoch, als der Ortsknecht atemlos zurückgelaufen kam ins Backhaus, die Ofenthür aufriß und ein über das andere Mal schrie:»Herr Schultheiß! Die Herren aus der Stadt sind gekommen, um wieder einmal einen Rugtag in Löhnberg abzuhalten. Binnen einer halben Stunde sollt Ihr auf dem Rathaus erscheinen, auch die Gemeinde schnell zusammenrufen lassen zum Ruggericht.«

Der Schultheiß, der eben noch vom jüngsten Gerichte geträumt, wachte auf wie zum neuen Leben, da er nur vom Ruggericht hörte. Wäre der treulose Ortsknecht mit einer anderen Botschaft gekommen, so hätte er ihm den Schädel eingeschlagen; jetzt mochte er ihm fast um den Hals fallen vor Freude. Die Nacht war vorüber, er war nicht pestkrank; die Weissagung des Pestmannes erfüllt, er war vor sein Gericht gefordert. Er lachte über sich selbst, obgleich der sonst so starke Mann vor Schwäche kaum aus dem Backofen kriechen konnte. War nicht heute St. Bartholomäi, wo alljährlich das Ruggericht in Löhnberg abgehalten zu werden pflegte? Das konnte man auch ohne Prophetengabe wissen. Aber das Herkommen war durch Krieg und Pest in den letzten Jahren in Vergessenheit geraten, und der Schultheiß hatte am wenigsten an den Bartholomäustag gedacht. Vor einem Gericht von irdischen Richtern fürchtete er sich aber nicht; die Richter, dachte er, sind alle nicht besser wie ich, und keine Krähe hackt der anderen ein Auge aus. Darum freute er sich des Rugtages, als sei derselbe ein Blitzableiter für den Donnerschlag des geweissagten himmlischen Gerichts.

Die Männer vom Ruggericht, Amtleute, Schultheißen, Heimberger und Geschworene, saßen bereits im Ratszimmer, als der Schultheiß von Löhnberg eintrat, verstört in Gesicht und Kleidung und die ganze Stube mit frischem Bratgeruch erfüllend. Die wenigen Gemeindemitglieder, welche die Schrecknisse der letzten Jahre überlebt hatten, fanden bequem Platz in dem kleinen Raum. Das Ruggericht hatte vor versammelter Gemeinde die Thätigkeit der Ortspolizei zu prüfen und sowohl regelmäßig in bestimmten Terminen als auch unversehens solche Visitationen anzustellen, dann aber auch Vergehen, die über die Zuständigkeit der Schultheißen hinausgingen, zur Aburteilung zu bringen. Während der Pest hatte man das Rügen und Aburteilen unserem Herrgott allein überlassen, drum sah es das Volk als ein Zeichen der verschwindenden Krankheit an, daß jetzt auch die Amtleute sich wieder herauswagten zum Rügen.

So elend der Schultheiß aussah, stand er doch fest an seinem Platze und stellte seinen Mann mit gewohnter Gravität.

Der geschworene Schreiber verlas die sechzehn Rugartikel, in welchen gefragt wurde, ob einer in der Gemeinde sei, der gestohlen oder betrogen oder Gottes Wort verachtet habe und was sonst überhaupt zu den Polizeivergehen gehörte. Auf jeden Artikel mußte der Schultheiß Antwort geben, und der Schreiber nahm sie zu Protokoll.

Schon war der sechzehnte und letzte Artikel verlesen, der die selbigesmal für die Löhnberger sehr unverfängliche Frage enthielt, ob jemand in der Gemeinde sei, der verbotene, ehrenrührige Bücher verbreitet habe, und die Gemeinde wollte auseinandergehen, indem man die Schlußformel der Rugartikel für einen leeren Schnörkel anzusehen gewohnt war, als der Amtmann Stille gebot und dem Schreiber befahl, auch den Schlußparagraphen langsam und vernehmlich vorzulesen.

Derselbe lautete:»Würde sich aber bei Unseren Schultheißen und Heimbergern einige Parteilichkeit befinden, oder daß sie jemand mit Wissen fälschlich in Recht und Ehren gekränkt, so wollen Wir selbige mit sonderlichem Ernst hierumb ansehen und zur Rechenschaft ziehen lassen.«

Als der Schreiber diese Worte verlesen, öffnete der Amtsdiener einen Weg durch die versammelten Bauern und führte den Schmied in die Ratsstube und den Glöckner mit seinem Kind, der Grete.

Der alte Veit trat gegen den Protokolltisch vor und sprach:»Mit Verlaub! Ich klage unseren Schultheißen an, daß er mein Kind mit Wissen falsch verurteilt und in seinen Ehren gekränkt hat.«

Der Schultheiß fuhr vom Stuhl auf und rief:»Man lasse diesen Menschen nicht zur Klage, der ein verfluchter Wahrsager und Hexenmeister ist, reif zum Verbrennen!«

Veit aber trat keck ganz nahe vor den Wütenden und sprach kalt:»Herr Schultheiß, ich will Euch einen Spruch sagen, den führen sonst die Hexenmeister nicht im Munde: Unser Herrgott spricht nit, aber er richt't!«

Da brach mit einem Schlage die Selbstbeherrschung des Schultheißen zusammen, und das Geheimnis seines gemarterten Geistes lag offen am Tage.»Schafft mir diese drei Gesichter fort!« rief er, wie im Fieber erglühend und zitternd.»Schon seit vierzehn Tagen verfolgen mich diese Fratzen und das vierte bleiche Totengesicht dazu, und wo ich mich hinwende, da steht der alte Veit, der Hexenmeister, und ruft mir seinen verruchten Spruch ins Ohr!«

Die Geschworenen sahen sich bei diesem Auftritte staunend an. Da aber der Schultheiß, wie von einem Wutanfalle übermannt, nicht nachließ mit Schreien und Toben wider den Glöckner, so hieß ihn der Amtmann in ein Seitenstübchen führen, bis er wieder zur Ruhe gekommen sei.

Dann befahl er dem Glöckner, wahrhaftig, daß er's beschwören könne, zu erzählen, was er wisse. Veit berichtete in schlichten Wor-

ten, wie der Schultheiß so schändlich die kranke Frau von sich ge-
stoßen, Grete aber aus freier Christenpflicht der verlassenen Base
sich angenommen und deshalb den Konrad dahin vermocht habe,
die Esse vor der Zeit zu heizen.

Er berichtete dann die Wahrheit wegen der silbernen Armspangen, sprach von des Schultheißen unehrenhafter Neigung und seiner Rachsucht und stellte den ganzen Vortrag mit so beweglicher
Treuherzigkeit, daß er auch noch andere Leute als die Geschworenen dieses Ruggerichts hätte überzeugen müssen.

Dann aber wandte er sich gegen die Bauern und sagte mit erho-
bener Stimme, ihnen habe er noch etwas ganz besonderes Neues zu
berichten. Ihm selber würde es niemals gelungen sein, die Schliche
des Schultheißen vor dieses Gericht zu bringen; ein Besserer habe
ihm dazu geholfen, das sei der Mann, den sie den Pestmann genannt. Der sei sein und Gretens bester Zeuge gewesen, der habe
nach Dillenburg Kunde gelangen lassen von dem Wesen, welches
der Schultheiß in Löhnberg treibe; auf das Betreiben von des Pest-
manns hohen Gönnern und Freunden habe sich das Gericht zum
erstenmal wieder aufgemacht gen Löhnberg. Keiner in dieser Stube,
auch die Herren Amtleute nicht, wisse genau, wer der Pestmann
eigentlich sei; er selber allein wisse es, freilich erst seit gestern. Und
dann erhub der Alte seine Stimme immer mächtiger und fing an zu
reden wie ein Prediger.»Viele Kranke, Gefangene, Hungernde,
Verlassene lagen in diesen Zeiten an den Straßen, die Priester kamen und gingen vorüber, die Leviten und gingen vorüber, wie im
Evangelio. Nur dieser einzige Mann kam aus fremdem Land in
unsere Gegend, und da er all das Elend sah, jammerte ihn dessen,
und er verband unsere Wunden, goß Oel und Wein darein; er heilte
die Kranken, tröstete die Sterbenden und begrub die Toten. Wo die
Pest war, da war auch er, darum nanntet ihr ihn den Pestmann.
Aber nicht gebracht hat er die Pest, sondern bekämpft hat er sie und
hat sein Leben eingesetzt bei diesen Werken der Barmherzigkeit.
Und dieser einzige, der uns alle zu Schanden machte, war kein
Priester und kein Levit, er war ein Samariter. Der Pestmann war ein
– *Jesuit*; er schrieb sich Rutgerus Hesselmann. Aus Westfalen ins
Hadamarische berufen zur Bekehrung treuer protestantischer Chris-
ten, wußte er ein besseres Amt zu üben, indem er Buße predigend
und Hilfe spendend auf dem Westerwald und im Lahngrund um-

herzog, und wo er einen Verlassenen fand, da fragte er nicht, ob derselbe lutherisch sei oder päpstlich. Wo er eine Leiche am Wege liegen sah, lutherisch oder päpstlich, da lud er sie ganz allein auf seine Schultern und grub ihr eine Ruhestatt in geweihter Erde. Einen Jesuiten wie diesen gibt es in der Welt nicht wieder. Statt den Haß zu predigen, wirkte er Werke der Liebe. Wider die Pest und den Hunger und die Verzweiflung führte er sein Schwert gewaltiger, als je ein anderer Jesuit das seinige wider Luther, Zwingli und Calvin geführt. Zum Lohn für sein Rittertum holte er sich zuletzt selber die Pest. Gestern ist der, den ihr den Pestmann nanntet, droben in Rennerod an der Pest gestorben. Lutherische und Katholiken standen an seinem Bett, und treue protestantische Pfarrer klagten um den Jesuiten. Das ist die Geschichte vom barmherzigen Samariter, wie sie im Evangelio geschrieben steht, und hier wie dort ruft euch Jesus am Schlusse zu: So gehet hin und thuet desgleichen!«

Als der Glöckner geendet, war es still in der Ratsstube wie in der Kirche. Es war, als beteten sie alle für den verstorbenen Jesuiten.

Endlich befahl der vorsitzende Amtmann, nun den Schultheißen wieder vorzuführen. Als man die Thür des Seitenstübchens öffnete, fand man ihn regungslos am Boden liegen. Er war vom Schlage getroffen. Nicht an der Pest hatte er sterben sollen. Seine eigene Leidenschaft und sein böses Gewissen hatte ihn erwürgt, da der hartherzige Mann eben an der Thür auf die begeisterten Worte des Glöckners vom barmherzigen Samariter horchte. Der Zufall hatte es gefügt, daß das Gemach, wohin man ihn in der Eile gebracht, das Armensünderstübchen gewesen, und die Bauern behaupteten, dort als in des Teufels Hauptquartier habe der Teufel selber dem Schultheißen den Hals umgedreht.

Der Glöckner prophezeite von Stund' an nicht mehr; aber als der weise Patriarch von Löhnberg war er von da immer höher geachtet in der Gemeinde und brachte sein Alter noch weit über fünfundsiebzig Jahre. Nur eine seiner Prophezeiungen ging noch in Erfüllung: das Feuer bei dem Brande des Schmieds hatte in der That die Pest verzehrt. Nach der Schultheißin starb niemand mehr in Löhnberg an der Pest. Bessere Zeiten kamen wieder, Friede, Gesundheit und Gedeihen. Die Ueberlebenden waren geläutert durch das Feuer der Trübsal; der Tod der zu Grunde Gegangenen war für sie ein Opfertod gewesen, daraus ein neues Leben sproß.

Am schönsten Maientage standen Konrad und Grete vor dem Altar. Da rief der Pfarrer warnend und ermutigend allen Versammelten das Wort ins Gedächtnis. »Unser Herrgott spricht nit, aber er richt't!« und eingedenk der Werke der Barmherzigkeit, die der Schmied und seine Braut in den Tagen der schwersten Bedrängnis geübt, predigte er nachgehends über den Text vom barmherzigen Samariter. Da ward auch des Rutgerus Hesselmann nicht vergessen.

Der alte Veit aber zog an diesem Tage mit seinem nervigen Arme gar mächtig die Kirchenglocken, und niemals sollen sie wieder so voll und schön in das stille Lahnthal hinausgeklungen haben.

 tredition®

Über tredition

Eigenes Buch veröffentlichen

tredition wurde 2006 in Hamburg gegründet und hat seither mehrere tausend Buchtitel veröffentlicht. Autoren veröffentlichen in wenigen leichten Schritten gedruckte Bücher, e-Books und audio-Books. tredition hat das Ziel, die beste und fairste Veröffentlichungsmöglichkeit für Autoren zu bieten.

tredition wurde mit der Erkenntnis gegründet, dass nur etwa jedes 200. bei Verlagen eingereichte Manuskript veröffentlicht wird. Dabei hat jedes Buch seinen Markt, also seine Leser. tredition sorgt dafür, dass für jedes Buch die Leserschaft auch erreicht wird.

Im einzigartigen Literatur-Netzwerk von tredition bieten zahlreiche Literatur-Partner (das sind Lektoren, Übersetzer, Hörbuchsprecher und Illustratoren) ihre Dienstleistung an, um Manuskripte zu verbessern oder die Vielfalt zu erhöhen. Autoren vereinbaren direkt mit den Literatur-Partnern die Konditionen ihrer Zusammenarbeit und partizipieren gemeinsam am Erfolg des Buches.

Das gesamte Verlagsprogramm von tredition ist bei allen stationären Buchhandlungen und Online-Buchhändlern wie z. B. Amazon erhältlich. e-Books stehen bei den führenden Online-Portalen (z. B. iBookstore von Apple oder Kindle von Amazon) zum Verkauf.

Einfach leicht ein Buch veröffentlichen: **www.tredition.de**

Eigene Buchreihe oder eigenen Verlag gründen

Seit 2009 bietet tredition sein Verlagskonzept auch als sogenanntes "White-Label" an. Das bedeutet, dass andere Unternehmen, Institutionen und Personen risikofrei und unkompliziert selbst zum Herausgeber von Büchern und Buchreihen unter eigener Marke werden können. tredition übernimmt dabei das komplette Herstellungs- und Distributionsrisiko.

Zahlreiche Zeitschriften-, Zeitungs- und Buchverlage, Universitäten, Forschungseinrichtungen u.v.m. nutzen diese Dienstleistung von tredition, um unter eigener Marke ohne Risiko Bücher zu verlegen.

Alle Informationen im Internet: **www.tredition.de/fuer-verlage**

tredition wurde mit mehreren Innovationspreisen ausgezeichnet, u. a. mit dem Webfuture Award und dem Innovationspreis der Buch Digitale.

tredition ist Mitglied im Börsenverein des Deutschen Buchhandels.

Dieses Werk elektronisch lesen

Dieses Werk ist Teil der Gutenberg-DE Edition DVD. Diese enthält das komplette Archiv des Projekt Gutenberg-DE. Die DVD ist im Internet erhältlich auf **http://gutenbergshop.abc.de**

FSC
www.fsc.org

MIX

Papier | Fördert
gute Waldnutzung

FSC® C083411

Zeitfracht Medien GmbH
Ferdinand-Jühlke-Straße 7
99095 Erfurt, Deutschland
produktsicherheit@kolibri360.de